D1695083

Christoph Klimke
Flügelschlag
Broschur 209

Christoph Klimke

FLüGELSCHLAG

Erzählung
mit Zeichnungen von Johann Kresnik

Verlag Eremiten-Presse

Sich gegenseitig den Abgrund verbergen.
Das ist Liebe.

JULIEN GREEN

Wenn doch nur schon alles vorbei wäre, denkt er sich und sieht vor dem Fenster zum Garten zwei Zitronenfalter umeinander in der Luft tanzen. Er geht hinaus auf die Terrasse, zündet sich ein Zigarillo an, nimmt einen tiefen Zug und läßt den Rauch zum Augusthimmel hin verwirbeln. Das Gras steht hoch, der Löwenzahn blüht, Beeren faulen an den Sträuchern, die Clematis wuchert an der Regenrinne hoch und über dem langsam austrocknenden Teich versucht eine Libelle ihr Glück. Die Asche läßt er auf die Steinplatten fallen, nicht arglos, eher mit wegwerfender Geste, als sei hier nichts mehr in Ordnung zu halten. Hinter ihm sein Haus, die Rolläden halb herunter gelassen, dunkel, kühl und still. In den Nachbargärten nur Amseln und die Katzen auf der Pirsch.

Jetzt drehe ich mich um und du bist wieder da!, wünscht er sich, wirft den Stummel ins Beet, dreht sich zur Tür, öffnet sie mit fliegenden Händen, tritt ein, da sitzt sie auf dem Sofa in ihrem bunten Sommerkleid. Hast du gegossen?, fragt sie lachend, legt das Strickzeug beiseite und hält ihn fest.

Still ist es und dunkel. Das Sofa ist leer. Das Strickzeug liegt griffbereit. Es riecht nach Staub. Spinnweben wachsen in den Zimmerecken, die Pflanzen verlieren ihre Blätter, ungeöffnete Post stapelt sich auf dem Tisch und an den Fußleisten entlang bauen sich Ameisen ihre Straße. Auf einem Photo an der Wand schauen sie beide sich an. Da war Richtfest und der Junge stand vor ihnen, die Schultüte im Arm.

Er geht in die Küche, macht Wasser heiß und packt aus den sich stapelnden Kartons eine Kanne, den Filter und seine Tasse aus. Den Kaffee nimmt er mit hinaus. Er schaut in den offenen Himmel, geteilt nur durch den sich auflösenden Kondensstreifen eines längst entschwundenen Flugzeugs. Aus der Hemdtasche zieht er einen Strohhalm, reißt die Verpackung auf und führt ihn zur Tasse auf dem Tisch, taucht ihn zitternd ein, dann nähert er sich mit dem Mund, auch der Kopf hält nicht still, er nimmt einen Schluck, läßt mit den Lippen wieder los, lehnt sich zurück, dann runterschlucken und Luft holen. Letzte weiße Schleier lösen sich auf im unermeßlichen Blau. Im wachsenden Schatten schläft er ein.

Eigenartig, daß Vater nicht ans Telefon geht, er muß doch da sein, ist er einkaufen oder im Garten, frage ich mich, schalte das Handy aus und fahre an den toten Grenzanlagen in Marienborn vorbei. Wie nervös wir früher hier waren. Ich am Steuer und Mein Freund sollte die Pässe aus dem Handschuhfach holen und schon einmal parat halten. Langsam rollten wir Richtung Wachtürme, bis der DDR Grenzsoldat uns in eine der Autoschlangen einwies. Meist wurde irgendjemand vor uns rausgewinkt und zu einem Spezialgebäude weiter geleitet. Vielleicht war das Photo im Paß zu alt oder es gab verdächtige Verwandte, unerlaubte Kontakte oder anderen unvorstellbaren Irrsinn. „Machen Sie mal die Haare hinter die Ohren", hieß es schroff, wenn wir an der Reihe waren und der Soldat durch das heruntergekurbelte Seitenfenster spähte. „Weiterfahren!"

Jetzt nur grauer Beton, der so wie alles hier mit der Zeit verwehen wird, häßliche Überreste einer monströsen Vorstellungswelt von Gut und Böse. Nun bin ich im Westen, denke ich heute immer noch bei der Abfahrt „Helmstedt" und gebe Gas. Ich wähle unsere Nummer, du antwortest nicht. Sicher bist du mit dem Hund draußen oder einkaufen. Am Waldrand recken Rehe ihre Hälse, um dann mit schnellen Sprüngen im

Zickzack hinter der Kuppe der grünen Anhöhe zu verschwinden.

Vor mir ein Konvoi polnischer Laster und Krähen, die einen überfahrenen Fuchs zerhacken. Die Sonne blendet, die Luft ist gut. „Fahr vorsichtig" hatte Mutter mich immer am Telefon gemahnt, wenn ich mit dem Wagen zu ihnen fuhr. Jetzt ist er allein und läuft im alten Haus umher, als suchte er sie immer noch. Die Hände wollen nicht mehr, die Beine kaum und das Herz ist längst anderswo.

Morgen soll ich ihn fortbringen, „nur mit dem Nötigsten", hat die Heimleiterin angeordnet. „Ein schönes Zimmer habe ich für Sie! Mit Blick auf den Park und seinen herrlichen Bäumen." „Mit Bäumen kann ich nicht reden", höre ich ihn antworten. Das Nötigste? Was wird mit dem Unnötigen? Was wird mit uns, voller Zweifel, Erinnerungen, Zorn, voller ungesagter Sätze und nicht gestellten Fragen, Freund und Fremder, Begleiter und Verräter, was haben wir uns zu sagen und was zu verschweigen? Die roten Bremslichter des Lastwagens vor mir leuchten auf, der Fahrer schaltet das Warnblinklicht ein. Stau.

Vater geht in das Schlafzimmer, um sich für den Abend umzuziehen. Im Schrank hängen keine Kleider und Blusen mehr neben seinen Hosen und Hemden. Auf ihrem Nachttisch liegen die Haarbürste, die Brille und ein aufgeschlagenes Buch. Das Bett ist nur zur Hälfte weiß bezogen, auf ihrer Seite warten die nackten grauen Matratzen.

Hier hatte er sie gefunden. Sie war bis zum Kinn zugedeckt, der Mund geöffnet. Neben ihr die unzähligen Medikamente, Packungen, Röhrchen, halbleer, leer. Waren sie gestern abend noch voll? Er wußte es nicht. Er war von draußen gekommen und wollte ihr wie jeden Morgen den Tee bringen, setzte sich in die Ecke des Zimmers und schaute abwechselnd auf sie und auf seine von der Gartenarbeit verschmutzten Schuhe. Er saß da, die Hände gefaltet im Schoß, setzte die Brille ab und rieb sich die Augen. Die Rolläden waren noch herunter gelassen. So lag sie im Dunkeln, flach auf dem Bett. Die Füße, die Brust, alles ist flach, dachte er. Der Mund eingefallen, die Augen geschlossen, die Haare dünn und wirr. Das Zimmer roch nach ihr. Sie roch nach Chemie und ihrem Parfum. Der Bademantel hing schlaff auf einem Bügel an der Tür. Auf seinem Bett hatte sie Illustrierte verstreut, auf den Titelbildern elegante, lächelnde

Königinnen. Dem Bett gegenüber das Familienphoto, wir drei am Meer. Er wollte sie anfassen und konnte es nicht. Wer ist sie jetzt, fragte er sich.

Erst tat ihr der Kopf weh, dann der Rücken, die Beine, dann das Herz. „Laßt mich einfach, laßt mich einfach in Ruhe", bat sie, wollte schließlich keinen Arzt mehr und er mußte den Hauspflegedienst abbestellen. „Ich will nur noch schlafen", sagte sie und er lächelte sie an wie ein Kind.

Er stand auf, zog die Rolläden hoch, machte das Fenster auf. Im Nachbargarten spielende Kinder. Eine junge Frau hing Wäsche auf. Der Briefträger schob sein Fahrrad die Straße hoch und winkte ihm zu. Ein Tornado zerschnitt im Tiefflug die Stille. Ich könnte ihr ein paar von den rot blühenden Dahlien schneiden, die hat sie so gern, dachte er und ging nach draußen vorbei am Rollator im Flur. Er stellte den frisch duftenden Strauß in eine Vase auf den Wohnzimmertisch, rief den Notarzt und sank in seinen Sessel.

Das leise Läuten des Telefons im Wohnzimmer reißt ihn aus den Gedanken. Das wird der Junge sein. Er nimmt seine Hemden aus dem Schrank und legt sie auf einen Stapel. Auf dem Dachboden muß noch unser Koffer sein, erinnert er sich. Mit einem Haken zieht er die Holztreppe runter und steigt vorsichtig nach oben. Abgenutzte Couch-Garnituren, die braunen Schränke, der Kaufladen vom Kind und eine Kiste Spielzeug. Morgen kommt der Container, denkt er und sieht vor sich wie alles hier mit der Axt zerschlagen wird. Am Griff des Koffers ist noch die Banderole vom letzten Flug: TXL. Berlin.

Jetzt ist es nicht mehr weit: Abfahrt Schloß Moyland, heute Joseph Beuys-Museum. Als Kind bin ich mit dem Fahrrad und meinen Freunden zu der Ruine gefahren bei Wind und Wetter und ab über den Zaun, das Holzschwert in der Hand. Wir waren Ritter und kämpften um den einzigen erhaltenen Turm. „Beuys, das ist doch keine Kunst", höre ich Vater sagen und sehe, wie sie ihm beipflichtend zunickt. Durch die heruntergelassenen Seitenfenster dringt heiße Sommerabendluft. An der Windschutzscheibe zerplatzen Insekten.

Wohin fahre ich? Früher, heute, morgen, ich kann es schwer unterscheiden. Kann man Versäumtes bereisen? Nach Herne hätte ich fahren müssen, ihr Geburtshaus in der Hermann-Löns-Straße sehen, den kleinen Buchladen der Großmutter, den Soldatenfriedhof, wo ihr Mann begraben ist. Nach Leuna in das Haus seiner Eltern, nach Markleeberg und Kattowitz über das alte Pflaster zur Zwergschule von Großvater.

„Wie lange bleibst du?", war immer ihre erste und „Wann kommst du wieder?" ihre letzte Frage, wenn ich nach Kleve fuhr. Da saßen sie beide auf der alten Couch zwischen wuchtigen Lehnen und vor den aus den Apotherkalendern ausgeschnittenen Bildern. Tunisreise. Prächtige Ausgaben von Goethe, Jünger, Thomas Mann, Kafka, Thomas Wolfe und Hemingway. Dear old daddy. „Unser Vater", nannte sie ihren Mann.

In Emmerich fahre ich von der Autobahn ab, dann über die rote Rheinbrücke. Ich sehe mich auf den Schultern meines Onkels. Da wurde die Brücke eingeweiht und es gab ein riesiges Feuerwerk. Der Onkel war lustig, er spielte Klavier und Fußball, rauchte und trank, konnte Witze erzählen, während die anderen im Wohnzimmer an der ausziehbaren Kaffeetafel „Glückauf, der Steiger kommt" sangen. Er verlor die Arbeit bei Rheinzink, seine Familie und sein Leben. „Zu schwach für diese Welt", meinte Vater und Mutter schwieg.

Endlose Wiesen und Weiden. Kühe stehen unbeirrbar an den Zaun gedrängt, Schafe grasen am Deich. Am Altrhein bei Griethausen haben wir noch am wei-

ßen Sandstrand gebadet. In Schenkenschanz gab es den letzten Fährmann, dessen Fähre ich – da war ich mir ganz sicher – später übernehmen würde. Mähdrescher machen ihre Arbeit. Getreide und Mais. Rot geklinkerte Gehöfte, die großen Scheunen und in den Himmel ragende Kirchtürme. Pappeln säumen den Weg. Warbeyen. Gleich siehst du die Schwanenburg. Dann die Stadt rauf, an meiner Schule vorbei, Freiherr vom Stein Gymnasium, jetzt müßten noch Ferien sein, zum Stadion und in unsere Siedlung. Mein Handy meldet eine SMS. „Wo bist du?". „Weiß nicht", antworte ich.

Umständlich deckt der Alte draußen den Tisch. Die Wachstuchdecke, 2 Teller, Brot, Käse, Tomaten, Salz und Pfeffer, eine Flasche Wein. Jedes Glas trägt er einzeln mit beiden Händen nach draußen. Wolken ziehen auf. Die Agave blüht ja, staunt er, einmal und nie wieder. Dann setzt er sich und sieht die Katze im Sandkasten sich räkeln. Jeden Baum hat er hier gepflanzt, den Rasen gesät, den Teich und Steingarten angelegt. Die Steine sieht man vor Blaukraut nicht mehr und die Bäume sind höher als das Dach. Agave und Oleander hatte sie als Ableger aus dem Urlaub mitgebracht. Er sieht die Tannen, die je nach Größe vor Jahren als

Weihnachtsbaum dienten und ihre Gartenhandschuhe auf dem Fenstersims. Für dich möchte ich den Tisch decken. Wie jeden Abend. Dir gute Nacht sagen. Ein letztes mal. Neben dir liegen. Ich will dir gut. Hand in Hand und ganz nahe. Deinen Atem höre ich und rieche deine Haut. Ich streichle dich. Überall. Streichle mich. Immer.

Wolken ziehen auf. Ich verlangsame die Fahrt und nähere mich dem alten Haus. Es ist kaum zu sehen hinter dem hohen Grün. Die Tannen waren meine Weihnachtsbäume, die ich mit Vater später in den Garten pflanzen durfte. Ob er das noch weiß? Ich sehe mein Fenster. Bald werden hier andere Kinder heraus schauen, auf dem Rasen und im Sandkasten spielen. Ihre Eltern werden alles rausreißen, umbauen, die Bäume fällen, den Rasen voller Löwenzahn umgraben und neuen säen, den Steingarten freilegen oder wegmachen. Unser Geruch wird verfliegen wie mit uns alle Erinnerungen, jeder Streit, die Schläge, Ängste, Sehnsucht, die Träume, die ersten und letzten Spiele des Jungen und des Heranwachsenden. „Jetzt bist du groß", hatten sie mich verabschiedet und wußten wenig von Abenteuern eines Jungen und des längst Erwachsenen. Wie wenig ich von Euch weiß, denke ich und sehe ihn draußen den Tisch decken.

Ich drehe um und fahre zum nahen Friedhof. Der Wärter will gerade abschließen, da bitte ich ihn, „nur ganz kurz" und er mit dem Blick auf mein Autokennzeichen: „In Ordnung!" Ich muß mich nur an der hochgewachsenen Zeder orientieren und eile im Zickzack zwischen den Gräbern auf den ausladenden Baum zu. Wie gut der riecht. Die Grabplatte ist bald überwuchert, ihr Name kaum noch zu lesen. Eine Schale mit frischen Blumen will gegossen werden.

„Essen kommen!" rief Mutter uns jeden Mittag, wenn wir aus der Schule kamen. Freiherr vom Stein Gymnasium, damals eine Sammelstelle von Lehrern, die den Krieg überlebt hatten. Jeden Tag die Angst vor ihnen. Daß im Sommer bei Hitze dem Englischlehrer der Granatsplitter im Schädel wanderte, Angst vor den Schlägen im Lateinunterricht, dem kleinen, kräftigen Mathe-Pädagogen, der einen Verweis bekam, da er einen Schüler im vierten Stock an den Armen aus dem Fenster hielt, dem Hausmeister, der Kinder haßte, dem Pastor, der uns die Liebe erklärte und uns mit Fußballspiel und Ferienlager zum Meßdienerdienst lockte. Dreimal die Woche sechs Uhr fünfundvierzig

Frühmesse. Einmal die Woche Beerdigung. Taschengeldaufbesserung bei Hochzeiten. Nonnen halfen uns beim Umziehen und der Weihrauch benebelte uns wie die ersten Joints, die wir mit der Gips-Pfeife vom Sankt Martins-Weckmann pafften. „Essen kommen!", hieß, wieder ein Tag geschafft, wieder ein Nachmittag und raus an die frische Luft. Raus aus dem unheimlich behaglichen Mief, aus dem Soßenduft, dem kalten Rauch ihrer Zigaretten im Aschenbecher und seinem Pfeifentabak. In ihrem Gefängnis herrschte sie mit Hingabe und konnte durch die Mauern des Hauses sehen, was fehlt, was unerwünscht, was verborgen und nie erreichbar war. Als Kind liebte ich die Küche. Hier fühlte ich mich sicher. Ich sehe sie vor dem Herd stehen. Sie trägt ihre weiße, gestärkte Schürze und rührt mit dem Holzlöffel die gestärkte Wäsche in der Emailleschüssel. Ich ziehe die große Schleife auf und sie: „Na, warte!" Sie läuft mir hinterher durchs ganze Haus und ich in mein Versteck, das sie nicht zu kennen vorgibt.

Ich lasse den Wagen stehen und gehe zu Fuß die paar Schritte nach Hause. Die Wolken verziehen sich. Kein Gewitter also. Der Atem wird schwerer. Schwalben fliegen tief und ich wünsche mir dich hierher. Nimm mich an der Hand und hol mich zurück in unseren Traum vom lebenslangen Sommer. Vielleicht gehst du in Kreuzberg gerade aus und sitzt mit Freunden in einer unserer Kneipen am Landwehrkanal draußen. Und ich, wahrlich kein Kämpfer, bewaffnet nur mit mir und dem Vorsatz, es nicht schwerer zu machen, als es ist, denke an unsere toten Freunde. An ihn und ihn und ihn. An ihre Gesichter und ihr Lachen. Wie sie, junge Greise, von den Freunden gehalten, allein verbluteten am Gift. Sie alle sind fort. Irgendwo warten sie auf uns, die Flügel ausgebreitet, auf Sternen, auf einem Schlitten aus Gold und Schnee oder unsichtbar an meiner Hand.

Vielleicht sollte ich ihm hiervon erzählen heute Nacht. Der Halbmond ist schon am Abendhimmel. Das Handy klingelt. „Ja, ich bin gleich da, ich rufe dich vor dem Schlafengehen an. Es geht mir gut. Grüß alle". „Alle? Ich bin am Grunewaldsee und unser Hund hat gerade mal wieder Engel gesehen. Ich denke an dich. Bis später."

Der Hund liegt am Strand und beachtet uns nicht. Die Schnauze im Sand döst er vor sich hin, nimmt plötzlich Witterung auf, er schaut noch, die Ohren gespitzt und sieht übers gleißende Wasser, neigt den Kopf hin und her und folgt einem unsichtbaren Wesen, das es nur für ihn zu geben scheint, da springt er auf und rennt bellend ins Naß, bis jener Gast auch für ihn nicht mehr zu sehen, zu riechen und erspüren ist. Dann kehrt er schnell zurück zu uns, schüttelt sich und legt sich auf die Lauer in der Gewißheit, daß sein Engel ihn nicht vergißt.

„Ein Gewitter täte jetzt gut", begrüßt er mich und wir umarmen uns flüchtig. „Komm mit nach draußen. Wo hast du das Auto geparkt oder bist du mit dem Zug gekommen? Warum hast du nicht angerufen? Hast du Durst? Du weißt ja, hier ist alles nur noch provisorisch, auch dein Zimmer. Das Bett ist noch da, aber die Möbel sind schon abgeholt worden. Mutters Sachen habe ich der Caritas gegeben und einiges weggeworfen. Die Nachbarin hat mir geholfen. Ich nehme nichts mit. Aber die Bücher, was mache ich mit den Büchern, sieh nur, all die Kartons, das mußt du übernehmen. Nimm mit, was du willst. Ich bin ja froh, wenn du, also Bücher wegwerfen, eine Schande. Wie geht's in Berlin? Mein Gott, wie lange waren wir nicht mehr dort. Die kleine Pension in der Meinekestraße, wie hieß die doch gleich, so nah am Kurfürstendamm und jeden Nachmittag ins Cafe Möring, gibt's das noch? Sieh nur, hier sind Mutters Bilder, aber auch das Christo-Souvenir, daß du ihr geschenkt hast, wir haben den Reichstag noch verpackt gesehen und die Baustelle am Potsdamer Platz. Weißt du, wo der Korkenzieher ist, ich finde hier nichts mehr. Oder willst du erst einmal duschen? Heiß ist das heute abend. Unerträglich. Die Bände von Kafka, die Jünger-Ausgabe, Hemingway, weißt du eigentlich, daß der mir einmal einen Brief geschrieben hat: „Dear old daddy", hat er mich genannt, von Soldat zu Soldat, von Kamerad zu Kamerad. Goethe nehm ich mit, oder willst du die Bücher? Dear old daddy! Irgendwo muß der Brief noch sein. Wir beide verwundet, beide haben einen Krieg verloren. Die Verwundungen machen uns Soldaten zu Brüdern, hat er mir geschrieben. Nur Soldaten und Verliebte verstehen das. Ja, und daß wir das Glück brauchen, schrieb er, jeder von uns viel Glück. In der Schnee-Eifel hat er gekämpft, stell dir vor, Hemingway kennt die Schnee-Eifel. Der Brief vom August 1950, da warst du noch lange nicht geboren. Gefangene sind ihm desertiert. Zwölf Gefangene. Und an das Wort „gloire" erinnere ich mich. Best luck and thanks from your friend.

1950. Da wohnten wir noch in Naumburg an der Saale. Kurze Zeit später sind wir über Berlin rüber in den Westen. Lieber tot als rot. Aber das versteht heute niemand mehr. Hemingway. Finca Vigia, San Francisco de Paula, Cuba, 16. August 1950. Willst du die Bücher nun oder nicht?"

Er redet und redet sich das Leben her und folgt mir in die Küche, wo ich in den Kisten einen Korkenzieher suche. „Zum Wohl", proste ich ihm zu und er trinkt langsam und vorsichtig mit seinem Strohalm den Wein. „Zum Wohl, mein Junge, auf dich!" „Auf uns!"

Ich gehe duschen. Das Bad ist leergeräumt, Waschmaschine, die Parfums, ihr Lippenstift, alles fort. Nur noch sein Rasierzeug, ein altes Stück Seife, ein Kamm und die Griffe, mit deren Hilfe sie sich zuletzt noch hochziehen konnte, sind an ihrem Platz. „Die Beine, Junge, die Beine wollen nicht mehr." Beim Abtrocknen sehe ich, wie er den Rasen sprengt. Über ihm wird der Himmel blasser und das Gelb des Mondes stärker.

„Iß nur, es ist genug da". Müde sieht er aus, wie er mir so gegenüber sitzt. Der graue Haarkranz ist schief geschnitten, sein Hemd voller Flecken, am linken Arm die Narbe. „Glatter Durchschuß, Lazarett und Fronturlaub 1943."

Abend für Abend saßen wir drei am Eßtisch mit der Wachstuchdecke und hörten seinen „alten Sagen", wie er die Geschichten aus dem Krieg nannte, zu. Als

Kind sah ich ihn hoch zu Pferde durch brennende Dörfer reiten, hörte den Schuß und er fiel zu Boden in seiner Uniform. Einen Reitknecht hatte er und einen Hund. Seine Angst und seine Toten sah ich nicht. Vom Krieg erzählt er schon lange nicht mehr. Müde sieht er aus, die Haut ganz faltig, die Augen klein und der Blick nach innen gewandt. Er fragt nichts und sagt nichts.

Ich räume den Tisch ab und spüle in der Küche Teller und Besteck und decke den Frühstückstisch schon für den nächsten Morgen. „Laß uns reingehen", meint er, versinkt in Mutters Sessel und schaltet den Fernseher ein. Tagesschau. Bilder von brennenden Gebäuden in Bagdad. „Ich hole nur das Auto und meine Tasche. Bin gleich wieder da." Ohne mich anzusehen, nickt er mir zu.

„Ist es schlimm?", fragst du am Telefon. „Es geht", lüge ich und frage meinen Freund, was er gerade macht. „Ich sehe mir unsere Fotos an." Der sitzt auf dem Boden, die Fotokiste vor sich, der Hund liegt neben ihm und läßt ihn nicht aus den Augen. Die Fenster sind weit geöffnet. Aus dem Hinterhof die Stimmen von Kindern und von der Straße ab und zu ein Auto und das Gerede der Leute aus den Kneipen ringsum. Tische und Stühle auf den breiten Bürgersteigen. Die Gäste, sommerlich bunt gekleidet, reden, trinken, essen, rauchen, lachen. Der Zeitungsverkäufer macht seine Runde. Die Bars bereiten sich auf die Nacht vor. Vereinzelte machen sich auf den Weg in ein Abenteuer und hinter den Gardinen sitzen die Alten und warten auf ihren Schlaf.

Wie still es hier ist, denke ich und bringe die Tasche in mein Zimmer. Das Bett steht an seinem Platz, die Wände sind kahl, auf der Fensterbank Kakteen. Meine blaue Wand, denke ich und setze mich kurz. Eine blaue Wand hatte ich mir beim Einzug gewünscht und sie auch bekommen. Das war nach unserer ersten Reise ans Meer. Abends legte ich mich zum Einschlafen immer auf die Seite mit dem Blick zur Wand. Die würde ich gern mitnehmen.

Daß der Junge nie etwas von sich erzählt, denkt er sich und holt aus dem Keller eine zweite Flasche Wein. Vielleicht sollte ich ihn einfach fragen oder lieber nicht? Die Wand habe ich ihm blau gestrichen. Wie unterschiedlich wir sind und wie ähnlich. Kein Soldat der Junge und ich auch nicht mehr, lächelt er. Ob sie mehr vom Sohn wußte als er selbst? Hat sie ihm etwas verschwiegen, hätte er sie fragen sollen?

Neben dem Regal stehen ihre Gartenschuhe. Der Garten war ihr gemeinsames, kleines Paradies bis zum Schluß. Letzte Reisen, letzte Familienfeiern und Anschaffungen für ihrer beider Bequemlichkeit. „Jetzt machen wir es uns schön", hatte sie sich einreden wollen und bestellte eine neue Couch-Garnitur, ein Sonntags-Kaffee-Service, einen Wäschetrockner, damit sie den schweren Korb nicht mehr in den Garten oder Keller zu tragen brauchte. Die Mahlzeiten, der Einkauf in der Stadt, samstags auf dem Markt, die Mittagsruhe, der Fernseher am Abend, einmal die Woche die Putzfrau, ab und zu ein Ausflug, ein Besuch bei Nachbarn oder Verwandten bestimmten den Lebensrhythmus. Jeder Tag wie der andere. Sonntags anrufen in Berlin und zweimal im Jahr eine Reise planen. Reisen, ihre Leidenschaft. Die Familie. Das Haus. Er.

Was war mit ihren Träumen, ihren Geheimnissen, ihrem Schmerz über Versäumtes? Ein anderer Mann, ein anderes Leben? Und was soll ich von mir selber sagen? Hab ich mir etwa ausgesucht, Soldat zu werden, mit 17 Jahren und aus dem verlorenen Krieg mit 26 heimzukehren. Jugend? Was ist das? Die jungen Toten? Die Krüppel? Die Verwüstungen? Die Wunden? Da haben wir uns kennengelernt und geschworen, wenn wir das überleben, bleiben wir bis ans Ende

zusammen. So einfach ist das. Einfach? Eine andere Frau, ein anderes Leben? Was bleibt, sind die Rätsel, Irrtümer und das Scheitern. Seit deinem Tod träume ich nicht mehr. Nacht für Nacht ein schwarzes Loch.

„Komm, ich mach schon". Ich helfe dem Vater auf und nehme ihm das Paar Schuhe aus der Hand. Der Wein tut gut. „Deine Mutter ließ zum Schluß den ganzen Tag den Fernseher laufen. Auch ohne Ton. Hauptsache die Bilder bewegten sich. Oft sah sie mich nicht an, wenn sie mit mir sprach oder sie schlief ein mitten im Satz und merkte nichts von meiner Angst um sie. Dreimal am Tag der Pflegedienst, das Haus roch nur noch nach Medikamenten. Meine Bücher blieben mir. Meine Gefährten. Bis daß der Tod euch scheidet? Das Ende quält und scheidet unmerklich jeden Tag ein wenig mehr. Verzweiflung, Sorge, die Vertrautheit geht verloren, sie wird dir fremd und Haß kommt auf, ein Gefühl, daß du nicht zu kennen glaubst und eine ungeheure Wut. Wenn ich auf-wachte, die erste Stunde früh am morgen, die gehörte mir ganz allein, die tat gut. Aber an ihrem Herzen endete auch meine Welt. Hier habe ich nichts mehr verloren."

Wie wird mein neues, altes Leben sein?, fragt er sich und schließt für einen Moment die Augen. Ein letztes Zuhause oder dem Ganzen ein Ende setzen? Hat sie sich getötet? War sie mutiger, als er es jetzt ist? Wie oft hat er eine Heimat verloren. Schlesien, das Elternhaus. Die Schule seines Vaters mitten im Wald. Die langen Winter. Die Tinte fror in den Pulten zu und draußen das Plumpsklo auf dem Hof. Sein Vater immer im Zweireiher. Sonntags morgens lief er für ihn durch den Schnee zum Gasthof, einen Krug Bier holen, während seine Mutter die Kartoffelklöße mit den Händen formte. Die Briefe nach Hause von der Front. Dann Leuna. Naumburg. Und Heiligabend 1951 schmückten sie den Christbaum, damit die Nachbarn die Vorbereitung zur Flucht nicht bemerkten. Die Obstbäume hatte er im Jahr zuvor gepflanzt. Ob sie da noch stehen oder längst gefällt sind? Das Grab der Eltern ist sicher eingeebnet. Verwundet, vertrieben. Lieber tot als rot. Polen. Er war nie dort. 1989 dann das vielleicht größte Wunder seines Lebens. Ein ganzes Land. Die jährlichen Besuche in Berlin. Am Todesstreifen auf den Aussichtsturm steigen und nach drüben schauen. Jetzt eine ganze Stadt. Zuhause. Weizen, Flachs und Rübenfelder, Rinderherden und Güllegeruch. Heimat. Ein Garten voller Ringel-

blumen. Aber Heimweh hatte er nie. Und die alten
Feinde fehlen ihm auch nicht.

Er öffnet die Augen und sieht mich lange an. Und
ähnlich sind wir uns doch. "Gehst du morgen zum
Friedhof", fragt er mich. „War schon." „Ich mache
Schluß für heute. Werde noch etwas lesen. Such dir
aus, was du willst. Gute Nacht!" Mühsam steht er auf,
sieht wie jeden Abend, Winter wie Sommer, nach, ob
die Heizung runtergestellt ist. „Mach das Licht aus,
wenn du Schlafen gehst." „Mach ich". Ich ziehe hinter
ihm die Tür langsam zu und höre, wie er die Haustür
aufmacht, um noch einmal tief Luft zu holen und den
Sternenhimmel zu sehen. Die Häuser ringsum liegen
im hellen Mondlicht. Aus dem Wohnzimmer hört er
leise meine Stimme am Telefon. Jetzt bin ich nicht
allein, freut er sich und geht hinein, die letzten Dinge
zu ordnen.

„Bis morgen", sagst du und legst auf. Bis morgen, so
schlafen wir ein jede Nacht im kindlichen Vertrauen.
Vielleicht gehst du noch aus. Jetzt werden die Bars
sich füllen, die Parks, Pornokinos, Clubs und anderen
Treffs, um sich miteinander zu vergessen. Ich trinke
den Wein aus. Hier stand der Christbaum, daneben
Mutter in ihrem dunkel roten Samtkleid, Vater im

schwarzen Anzug und ich mit Fliege, stolz und voller Erwartung auf die Geschenke. Der Kaufladen, die erste Eisenbahn. Für sie Römergläser zum Sammeln und Bücher. Gesungen wurde und erzählt von früher im Ruhrgebiet oder im Osten, wo der Russe lauerte.

Über dem Sofa helle Flecken, wo die Bilder hingen. Auch die schwarz eingerahmten Photos der Toten. Die Großeltern vor ihrem Haus in Leuna, die Eltern in Naumburg, der Buchladen in Herne. Das Haus beim Richtfest und der Onkel beim Fußballspielen auf unserem Rasen. Auf dem Fernseher ein Photo von uns dreien bei irgendeiner Familienfeier. Das muß er doch mitnehmen, denke ich und werde ihn morgen daran erinnern.

Draußen ist es still und sternenklar. In den Wipfeln die Schatten großer Vögel. Aus der Ferne die Sirene eines Rettungswagens. Im Sommer war ich mit den Freunden immer draußen im Garten oder fuhr mit dem Fahrrad an den Rhein, in den Reichswald, zum Soldatenfriedhof, zur Fähre nach Schenkenschanz oder in die Ruine von Schloß Moyland. Erst am Abend kehrten wir zurück und danach verzogen wir uns auf den Dachboden. Vorher ging ich noch schnell in die Küche und holte aus der Schüssel Kartoffeln vom Mittag mit Margarine und Salz. Das war unser

Kreuzrittermahl. Dann hatten wir Pferde und ritten durch brennende Dörfer, bis einer von uns, von einem Schuß getroffen, zu Boden ging.

Ich bin noch da, staunt er vor dem Badezimmerspiegel. Ich wachse rückwärts wie meine Welt. Aus meinem Haus wird nun ein Zimmer, eine Zelle. Keine Macht habe ich über meinen Körper, meine Gedanken und Empfindungen verlassen mich. Und längst kein Jubel mehr angesichts der Mächtigen. Ich habe gedient, muß er plötzlich lachen über die hochtrabenden Gedanken, denen er nicht trauen will. Das Ende kommt auf Raten. Es läßt dich warten und jeden Tag ein wenig mehr verlieren, unmerklich hilfst du mit und entsorgst dich schließlich selbst auf deinen letzten Platz.

Er denkt an den Anfang hier in diesem Haus. Die neue Musiktruhe, der erste Schwarz-Weiß-Fernseher, die Ermordung Kennedys, Marilyn Monroe, die Mondlandung, die Bilder der NASA, wie ein Kind in eine Glaskugel gesteckt wurde und von der Kamera beobachtet heranwächst, scheinbar vor allem gefeit. Dann die 68er Jahre und der Kampf der Jugend gegen die Väter. Die Chronologie der Furcht und Wut. Adieu, ihr schwarzen Erinnerungen, addio, ihr unsichtbaren Feinde! Fort ist die Verachtung, fort ist der Schmerz. In die Sonne springen kann ich nicht, weiß er, das Ende ist ohne jedes Pathos. Banal und schutzlos. Schmutzig und leise. So wahr mir Gott helfe! Lächerlich. Ich überlasse mich einzig der Vergangenheit. Gewaltig und unüberbrückbar ist der Abgrund zwischen uns. Der Absturz steht unmittelbar bevor. Und keine neue Sonne in Sicht.

Er denkt an den Pelikan, der in der Einöde sein Nest in die Höhe baut, um der Schlange zu trotzen, die seine Jungen getötet hat. Nur er kann sie wieder zum Leben erwecken und so fliegt der Pelikan auf, schlägt mit den Flügeln seine Seiten, bis das Blut fließt und durch die Wolken hindurch auf seine Kinder tropft und sie wieder erwachen.

Oder der Pelikan, kinderlieb, mutig und stark, tötet die eigene Brut, wenn sie den Eltern ins Gesicht schlägt. Dann trauern diese und am dritten Tag reißt die Mutter sich die Brust auf, ihr Blut tropft auf die Leichen der Jungen und weckt sie wieder. Verrückt! Viel Lärm um so wenig, denkt er, ein Mißverständnis bestenfalls. Er sieht auf seine Hände und erinnert sich an den Lehrer, der mit dem Lineal dem Jungen auf die linke Hand schlug, damit er mit der rechten schriebe. Schlecht beraten war ich von meinem Glauben, von

den Büchern und Pelikanen. Morgen werde ich fort-
gehen und mein Gepäck mit all dem, was mir wertvoll
war, hier lassen. Und wenn ich fort bin, ist es gerade
so, als wäre ich hier nie gewesen.

Seltsam, daß junge Narren sich meist an die schmerz-
haften Erlebnisse erinnern, während die alten sich vor
allem ihr Glück vormachen. Ich liege auf der Seite mit
dem Blick zur blauen Wand, die fast schwarz zu sein
scheint. Aus dem offenen Fenster ab und zu das Ge-
räusch eines vorbei fahrenden Autos. Die Wand ist
mein Nachthimmel und meine Wünsche sind Stern-
schnuppen. Die Wünsche haben sich verändert. Weni-
ger Sterne vielleicht.

Wind kommt auf und dringt in das Zimmer ein.
Die Dinge beginnen zu fliegen, mein Laken ist das Se-
gel und als würde mir plötzlich alles ganz klar in dieser Dunkelheit, sehe ich im blauen Spiegel den, mit
dem ich immer gerungen habe, sich von mir abwen-
den und verschwinden für immer. Aber wer weiß
schon, ob er mir nicht doch folgen wird, voller Zunei-
gung und höflich schweigend. Der Wind läßt nach, eine leichte Brise nur noch. Die Dinge sind an ihrem
Platz und mit geschlossen Augen liege ich regungslos
auf dem Rücken, die Hände unter dem Kopf.

Morgen früh könnte ich noch Beeren pflücken, wie früher in kurzen Hosen, die Beine zerkratzt. Hell ist es im Zimmer. Wenn du jetzt hier wärest, könntest du, die Flügel ausgebreitet, mich mitnehmen zu dir oder ins Licht, wo du – wie mittags im Süden – keinen Schatten mehr wirfst. Eine Bewegung würde genügen und wir wären, jedes seltsame Begehren hinter uns lassend, auf und davon. Doch die blaue Wand gibt es bald nicht mehr, ein Bett kann nicht fliegen, du bist in Berlin und die Stachelbeeren sind längst verfault am Strauch.

Ob er schon schläft, frage ich mich. Glücklos und ohne jeden Traum, die Zukunft hinter sich lassend. Vielleicht sind seine Augen aufgerissen und er starrt in den Steinschlag, der auf ihn niedergeht.

Er schaltet das Radio neben seinem Schreibtisch ein und zieht die Schublade heraus. Was nehme ich mit, vernichte ich oder überlasse ihm, überlegt er. Seine Geburtsurkunde aus Schoppnitz, das Abiturzeugnis aus Beuthen, die Studienbescheinigung aus Breslau, die Unterlagen seiner Lehrtätigkeit an der Landesschule Pforta, die Hausarbeit über „Heines literarischen Kampf gegen die Feudalzustände in Deutschland", Empfehlungsschreiben der katholischen Pfarrvikarie Christus König in Bad Kösen, der er seine Fluchtpläne in den Westen anvertraut hatte, der Brief vom Pfarrer aus Schulpforta, der ihm attestierte, „offen zur christlichen Kirche und als überzeugter Christ im Gegensatz zur marxistisch leninistischen Weltanschauung zu stehen", die kleinen schwarz-weiß Photos mit gezacktem Rand, die ihn als Tutor mit seinen Schülern an einem Abend zum Thema „Freiheit und Menschenwürde" zeigen?

Mutters Zeugnis der Handelsschule Herne, eine Bescheinigung über ihre Arbeit beim British Red Cross, "we pray God's choicest blessing upon her for the future", die Gutschrift ihrer Angestelltenversichungsbeiträge bei der Reichsknappschaft, Gehaltszahlung aus Kattowitz für ihren Schanzeinsatz nach Polen dienstverpflichtet, ihr Englandvisum für die Arbeit beim Young Mens Christian Association, der Fragebogen des Military Government of Germany.

Mitglied der NSDAP, der SS, SA, NS-Frauenschaft, des NS-Reichsbund deutscher Schwestern, Reichsbund Deutsche Familie, Reichskulturkammer, Deutsche Jägerschaft, Staatsakademie für Rassen- und Gesundheitspflege, Volksbund für das Deutschtum im Ausland, Institut zur Erforschung der Judenfrage, deutschen Fichte-Bund, Deutsche Glaubensbewegung, Deutsches Frauenwerk, NS-Altherrenbund? Nein. Mitglied der HJ, einschließlich Bund deutscher Mädel? Ja.

Ihrer beider Leben in seiner Schublade. Voller Furcht und Wehmut weiß er nicht, was er mit den vergilbten Zetteln zwischen handbeschrifteten Aktendeckeln machen soll. Er liest die Namen aus seiner Jahrgangsliste vor. Gesichter tauchen vor ihm auf, Uniformen, Waffen, Jubel und das eigene Getöse, das ihm nun so fremd ist. Die Zeitschrift „Alte Kameraden", die Einladungen zu den jährlichen Treffen der 252. Infanterie-Division, eine Photographie, das ihn als Schüler in kurzen Hosen bei einem Fahrradausflug der Oberterzia 1933 zeigt, seine und ihre Briefe im Krieg, spätere Briefe seiner Eltern aus Leuna nach Kleve und Zeichnungen seines Jungen aus dem Kindergarten.

Wozu das alles aufbewahren? Er zündet sich ein Zigarillo an, macht die Musik aus und überlegt langsam rauchend, ob er mit einem Streichholz das Puzzle seines Lebens vernichten soll. Die Adressenlisten der Kameraden mit der Aufschrift „Vergeßt Schlesien nicht!" Die meisten werden längst gestorben und nur ihre Schubladen hinterlassen haben. Sein Tagebuch. Was spielt das für eine Rolle heute Nacht. Nichts

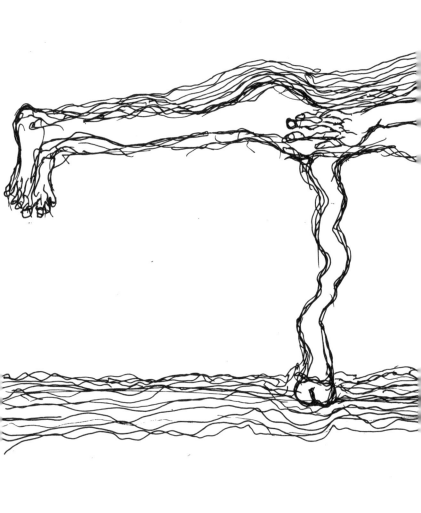

nehme ich mit. Ich lasse hier alles so, wie es ist und soll doch der Junge sehen, was er damit macht.

Hastig schiebt er die Papiere wieder zusammen. Der Tod täuscht uns nicht, auch wenn er sich verstellt, denkt er und sieht auf einem Photo seine Schwester vor dem Gymnasium in Auschwitz, wo sie in den Kriegsjahren als Lehrerin gearbeitet hat. Wir letzten Zeugen nehmen uns mit und lassen alles hier. Jetzt hat das Früher keine Macht mehr über mich, weil die Gegenwart nichts zählt. Hätte ich etwas gut machen können? Maßloses Unglück habe ich gekannt und maßloses Glück gefunden. Zusammen hatten wir keine Furcht, zusammen fühlten wir uns sicher.

Er öffnet die Zigarrenschachtel, darin Abzeichen, Orden, ihre ersten Briefe an ihn aus Liebenheim, wo sie sich kennengelernt hatten. Er machte dort als Offizier Station, sie arbeitete in der Küche des Pfarrhauses, wo die durchreisenden Offiziere untergebracht wurden. Liebenheim. Mein Junge hatte mich immer ausgelacht, wenn ich davon erzählte „Klingt wie in einem Groschen-Roman!", höhnte er und hatte aufgehört, den Geschichten der Eltern zu glauben. Was wird er wissen, wenn er all dies lesen wird. Wird sein Leben dadurch leichter, das Vertrauen an die Geschichte seiner Eltern tiefer, und werden Mißverstehen und Empörung so stumm beendet, wie sie begonnen hatten? Er nimmt die Zigarrenschachtel und ihre Briefe mit ans Bett, zieht sich umständlich aus und schaltet die Nachttischlampe an. Mit der einen Hand fährt er über ihr Bett und fühlt die rauhe Matratze. Draußen die Stimmen der Nachttiere. Er hält die Schachtel und Briefe fest und wird mit einem Mal ganz ruhig. Die Hände zittern nicht mehr. Hier sind wir uns begegnet. Hier haben wir uns gelassen. Schmerz hat dein Gesicht geprägt, hatte sie zu ihm am Ende gesagt. Schmerz hat dein Gesicht geprägt, hat er gedacht, als er sie hier fand. Ruhig setzt er seine Brille auf und beginnt zu lesen.

Ich bin ein Kind im Traum und laufe durch ein Labyrinth aus leuchtenden Lupinen. Die Sonne steht hoch. Sie ist eine schwarze Pupille. Ich gehe barfuß an der Hand meiner Mutter durch den Wald. Es schneit. Ich sitze auf meines Vaters Schultern. So bin ich dem Himmel näher und seinem abgrundbloßem Blau. Ich stehe auf dem Bahnsteig und warte auf dich. Der Zug fährt ein und, anstatt zu bremsen, beschleunigt er und fliegt wie ein Pfeil an mir vorbei. Der Wind läßt alles auffliegen, den Schmutz, Zeitungen, Abfall, Wildnis und Wüste. Nur deine Augen sind bei mir und bewachen mich. Dein Schweigen. Wir sind am Meer, tauchen ins tiefe Türkis, ins offene Geheimnis und es beginnt zu regnen. Ich baue in unserem Garten einen Schneemann. Drinnen schmücken die Eltern den Baum. Ein Kind fährt mit dem Schlitten an mir vorüber. Es sieht aus wie ich. Der Schnee schmilzt und wachwärts schmecke ich die Erde in meinem Mund.

Das eigene ungeordnete Leben liegt versammelt im Chaos aus Zufall und Widersprüchlichkeit vor ihm. Das Papier ist vergilbt und riecht. Seine Schrift ist gestochen scharf, klar lesbar. In Sütterlin hatte er die ausgeschnittenen Photos und Artikel aus den Zeitungen kommentiert. Premierminister Chamberlain, Minister von Ribbentrop, Stalin, Vertragsunterzeichnungen, Berichte über den Nichtangriffspakt mit Russland, SA- und SS-Männer mit Hakenkreuzfahne an den Gräbern ihrer Kameraden, weinende Frauen und Kinder, Flugzeuge, Aufmärsche, Gefangene, das Führerhauptquartier, Hitler und sein Kriegsmarschall, September 1939. Tag für Tag das Protokoll, Landkarten, Bilder von Bombenangriffen, vom Händeschütteln der Freunde und Feinde, Churchill raucht seine Zigarre, kolorierte Zeichnungen, Trümmer, Leichen, die Verleihung des Eichenlaubs zum Ritterkreuz, die

Volkswanderung 1940 und Umsiedlungen, Verwundete, Vergewaltigte, Fallschirmspringer, Verirrte, Wachen, Krüppel. Aufnahmen vom Inneren der U-Boote, der Vormarsch nach allen Seiten, Siegesmeldungen aus Ländern, die er als Kind nur aus dem Erdkunde-Unterricht gekannt hatte, präzise Zahlen von Gefangenen, von Verlusten. „Vom Hunger getrieben kommen Sowjetsoldaten, die sich lange im Getreidefeld verborgen gehalten hatten, aus ihrem Versteck, um sich zu ergeben," zwei junge Gesichter 1942.

Panzer und Infanterie, vergessene Namen, das eigene Bild 1944. Wie fremd ich mir bin, denkt er. Meine Schrift, diese Chronik, warum habe ich das alles notiert, aus welchen Zeitungen stammen die Photos und Artikel, für wen habe ich aufgeschrieben, was nicht einmal die halbe Wahrheit ist. Wo ist die andere Hälfte? Er liest weiter, keine Zeile über Konzentrationslager, kein Photo von Gaskammern, nichts über die brutale Wehrmacht, nur Bilder, die allein Sieg verheißen und Mut machen und jeden möglichen Zweifel austreiben sollen. Kein Wort über das Ende und das Danach. Vergeblich sucht er nach dem, an das er sich nicht erinnern kann. Die Gefallenen, die Getöteten, die Untergebenen und Vorgesetzten, Hunger, Verzweiflung, über die Angst seiner Jugend und die Wut,

Heimweh, Alpträume und Verlorenheit. Die alten Sagen, ich lasse sie hier.

Nur ihr hat er die Tagebücher gezeigt, nur sie konnte lesen, was fehlte. Die Gewalt an den Frauen. Das eigene Barbarentum. Die eigene Verrohung. Und morgen? Ich unter alten Menschen. Unter letzten Zeugen. Was hätten sie sich zu sagen? Was machte noch Sinn? Nun gehe ich verloren, geht ihm durch den Kopf, er legt die Tagebücher beiseite und nimmt die Mappe mit den Zeichnungen seines Sohnes zur Hand: Mein erster Schultag, bald kommt der Osterhase; mein Geburtstagswunschzettel; zum Muttertag; Teufel, Herzen, Kasper, Bären; das schief gemalte Haus mit rauchendem Schornstein und sie drei blicken aus dem großen Fenster zum Garten; der allerliebsten Mutter; Herr, deine Güte reicht, soweit der Himmel ist, und deine Wahrheit, soweit die Wolken gehen, das muß die Kindergärtnerin unter das Bild geschrieben haben; dann der Junge als König, als Pilot; eine Torte für den Vater: an deinem Ehrentag klopfe ich an deine Tür, für all die Liebe sage ich schlicht, ich danke dir!; Lokomotiven, Clowns, riesige Sonnenblumen, Luftballons; der Vater vor seiner Schule; der Onkel beim Fußballspielen; ein Löwe im Zirkus; ich wünsche mir ein Schwesterchen; eine Kerze für Opa;

Nikolaus mit einem Sack voller Geschenke; mein Hund; der Kaufladen, wir wohnen auf einem Schloß; Feuer, Feuer, das Schloß brennt.

Herr segne dieses Haus, er nimmt das kleine Holzkreuz über dem Bett ab. Wo sind die Jahre? In Photoalben, Briefen, in seinem Sohn. Nach dem Krieg hatte er sich geschworen, dem Glück verpflichtet zu sein. Den Menschen, die guten Willens sind, hatte er immer gesagt. Ihnen galt sein Glaube, sein Herz, sein Wort. Er hält ihre Verlobungskarte von Silvester 1949 in den Händen, Todesanzeigen, veröffentlichtes Leid und die Sehnsucht nach Halt. Ein Groschenroman? Die Trauung 1950. Die Ausreise, die Flucht aus dem fremd gewordenen, eigenen Land, die Ankunft an der niederländischen Grenze, „so weit in den Westen, wie es irgend geht." Die Briefe über die eigene große Not. Die Briefe und Pakete zu den Seinen. Deren Briefe und Pakete. Die neue Arbeit, das Kind, das Haus. Die Rituale. Jahreszeiten, Familienfeiern, Feiertage, Karneval, Ferien, Silvester und im Winter die Kerzen ins Fenster stellen für die Verwandten im Osten. Seines Vaters Tod. Der erste Besuch seiner Mutter in Kleve und Jahre später das Wiedersehen mit seiner Schwester. Er war bis 1989 nie in das andere Deutschland gereist. Aus Furcht. Dann die erste Fahrt nach

Naumburg. Das Internat, die Ehemaligen, die Alten, das Wieder- und das Nicht-Erkennen, die Fassungslosigkeit und das Fremdsein. Bilder gehen ihm durch den Kopf und als durchlebte er sein Leben noch einmal, als sähe er all die Gesichter, die Zimmer und Wege, Gärten und Städte, als hörte er Vertrautes, röche das Früher und schmeckte diesen Wachtraum, als säße er, das Kind, am Frühstückstisch, es ist Sonntag und die Mutter gibt ihm den Groschen und Bierkrug. Ich erwarte nichts mehr. Ich erwarte mich.

Es ist Karneval. Ein kalter Februartag. Mein Freund, der Cowboy und ich, verkleidet als Indianer, laufen hinter unseren Atemfahnen in die Stadt zum Rosenmontagszug. Die Straßen werden voller und voller, rechts und links die verkleideten Erwachsenen, die betrunken schunkeln und lachen, sich küssen und miteinander singen. Die Kinder drängeln sich nach vorne an den Rand des Bürgersteiges, um möglichst viele Bonbons von den Wagen zu fangen. Wir sind standesgemäß bewaffnet und zu allem entschlossen. Schon erspähen wir auf der anderen Straßenseite die Feinde aus der Parallelklasse. Natürlich haben die keine Chance gegen uns. Die Wagen fahren langsam und laut vorbei. Musikkapellen, dicke Funkenmariechen, Karamell-

Bonbons, Konfetti, das Prinzenpaar und der Bürgermeister. Wir zwängen uns mittendurch ans feindliche Ufer. Im Nu ist der Feind besiegt und um Hab und Gut beraubt. Wir machen uns aus dem Staub, hören noch die Mitschüler rufen: „Wartet nur, nächsten Samstag beim Meßdienertreffen, da kriegt ihr Prügel!"

In aller Ruhe teilen wir die Beute. Bis nächsten Samstag sind es immerhin noch mehr als vier volle Tage. Vom Rennen verschwitzt steigen wir auf unseren Dachboden. „Kein Kreuzrittermahl heute", sagt der Cowboy, „das ist Kinderkram. Blutsbrüderschaft!" Und vorsichtig lecken wir uns die Farbe aus dem Gesicht.

Ich gehe auf dem überwucherten ehemaligen Todesstreifen nahe der Mariannenkirche mit dem Hund spazieren. Du kommst mir mit meinen Eltern lachend und von Weitem winkend entgegen. Das kann nicht sein, denke ich im Schlaf und lasse den Hund von der Leine. Ich sitze in der U-Bahn Richtung Nollendorfplatz. Mir gegenüber stillt eine junge Frau ihr Baby. Auf dem Monitor über ihr NTV-Bilder vom russischen Präsidenten auf Staatsbesuch, vom Wahlkampf in den USA, Guantanamo, Dax, Nemax, Demonstrationen von Arbeitslosen, Olympia in Athen, die

Nachrichten von gestern. Ich wache auf und halte die Augen geschlossen.

Ich stehe an meinem Grab. Vater hält meine Hand. „Hab keine Angst", flüstert er mir zu. „Das ist doch nicht möglich", bitte ich ihn um Aufschub. „Doch, doch", meint er, „ich weiß, wie das ist." „Aber so geht man nicht fort", entgegne ich. „Glaub mir, mein Junge, das Ende hört nie auf", und auf einmal ist er ganz jung in seinen kurzen Hosen und ich bin alt und sitze mit meinem schief geschnittenen silbergrauen Haarkranz in der Schulbank. Die Tinte friert im Pult ein, Großvater steht vorn an der Tafel und hält seinen Unterricht ab. Ich drehe mich um. Nur ein Pult im Klassenzimmer. Draußen tief grüner Wald. Es wird dunkel. Eine Glühbirne hängt von der Decke. „Siehst du jetzt, was du alles falsch gemacht hast", fragt Großvater und sieht mich milde an. „Nein, ich kann es nicht sehen!"

Ich drehe mich von der blauen Wand auf die andere Seite. Es ist schon hell und aus dem geöffneten Fenster rieche ich gute Morgenluft, höre die Vögel im Garten und erste Autos auf dem Weg zur Arbeit. Im Haus ist es noch still. Vielleicht schläft er noch oder räumt seine Dinge zusammen, geht mir durch den Kopf. Als Kind sah ich nachts von meinem Bett aus in

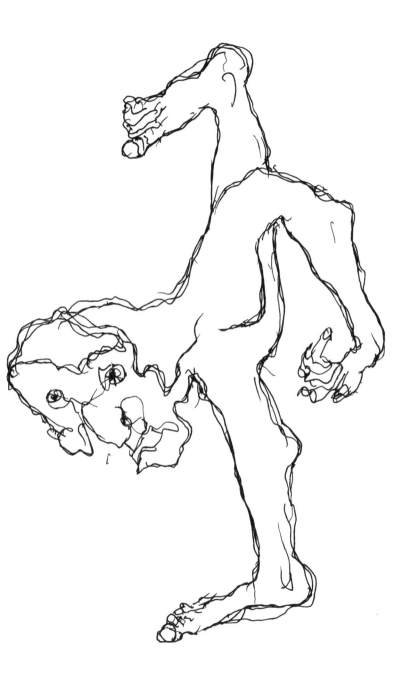

der Ferne die Baustelle des Schnellen Brüter in Kalkar gleißend wie ein Hochsicherheitstrakt. Wo sind meine Bilder aus dem Kindergarten und der Grundschule, frage ich mich, die würde ich dir gern einmal zeigen. Ich bringe sie mit nach Berlin heute Abend. Dann erzähle ich dir von mir und all dem, was ich bis jetzt nicht wußte. Ich liege auf dem Rücken und sehe eine Fliege an der Decke, bis sie nach draußen verschwindet. Ich schließe wieder die Augen, um zu warten, bis er zu hören ist, mich zum Frühstück ruft und wir beide voller Mißtrauen und Furcht, uns auf den Weg machen werden.

Der Vater hat die Nachttischlampe ausgeknipst und die Briefe seiner Mutter beiseite gelegt. Ich wußte gar nicht, daß das alles noch da ist, denkt er und riecht am Briefpapier. Er sieht sich in Uniform 1943 im Wohnzimmer der Eltern. Sein Haar ist gescheitelt, kerzengerade steht er hinter der Mutter, die im Sessel sitzt und auf deren Schulter er eine Hand legt. Daneben der Vater, der Pfeife raucht und die Schwester im Sonntagskleid. Sein Bruder fehlt. Er ist mit dem U-Boot verschollen. 1943. Ich kann mich nicht erinnern. Dieses Photo einer vermeintlich heilen Welt. Die Zeug-

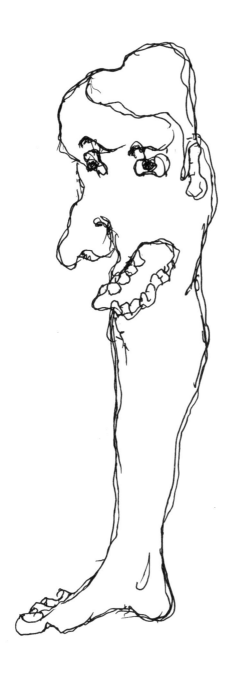

nisse eines Gefängnisses aus vergessenen Wunden und Wünschen.

Nach dem Krieg die vielen Briefe der Eltern aus Leuna. „Helle Freude, ein großes Hallo für den Bohnenkaffee, die Nur-Die-Strumpfhosen, Zartbitter-Katzenzungen, Pfanni-Klöße und die Fisch-Konserven! Der Schlips paßt prima. Kaugummi und Stumpen schmecken verdammt gut. Das Buch ist leider nicht angekommen. Es lag ein Zettel im Paket: der Titel steht nicht auf der Postvertriebsliste und darf nicht eingeführt werden. Aber dafür ist der Zehn-Mark-Schein dieses mal in Mutters Portemonnaie gelandet. Auf in den Intershop, wenn der Kaffee alle ist. Große Freude. Beim nächsten Mal Wolle und Reißverschluß nicht vergessen. Meine Sehkraft läßt nach und Kohlenmangel herrscht. Unerreichbar fern seid Ihr, aber jetzt hängt über meinem Tisch, an dem ich gerade schreibe, eure Postkarte von der Schwanenburg. Vater würde sich über Rätselzeitungen freuen. Sonst haben wir alles und die Aussicht, im nächsten Sommer eine Zwei-Raumwohnung mit Heizung zu bekommen, läßt uns den Winter vergessen. Den anderen geht es gut. Schickt doch mal ein Photo vom neuen Haus und vom Jungen. Wenn er groß ist, können wir reisen und ihn in unsere Arme nehmen. Mohnkuchen folgt! Eure Mutter und Oma. Grüße von Vater."

Auf den Briefumschlägen fehlen die Marken. Die hat der Junge ausgeschnitten, weiß er noch, die grünen Marken mit Walter Ulbricht, die roten vom V. Parteitag der SED, die Stalinallee in Berlin-Ost in brauner Farbe und die Werktätigen in Blau. Das Telegramm anläßlich Vaters Tod, der Brief der Schwester über die Beerdigung der Mutter: „Jetzt ist eine Lücke da, auch wenn sie so gelitten und uns manches mal belastet hat. Sie fehlt mir sehr! Anbei Photos vom Grab unserer Eltern. Ich hab einen Rosenkranz neben den Stein gelegt. Ach, wenn wir uns doch einmal wiedersehen könnten. Gratulation zur Ersten Heiligen Kommunion Eures Sohnes! Gab es Eistorte, die mag er doch so sehr? Bleibt gesund."

Wahllos zieht er Briefe aus dem Stapel und sieht, wie das Kind jeden Monat einmal am Eßtisch den Daumen auf die Kordel hält, um den Knoten zu machen, der das frisch gepackte Paket sichern soll. Natürlich wußte der Junge nichts von Verboten, Zensur, vom Durchleuchten und dem Diebstahl der Kontrolleure, wenn sie Geldscheine oder Wertgegenstände entdeckten. Wird er überhaupt die Schriften entziffern können, zwischen den Zeilen lesen und all die Sorge,

Trauer und Angst begreifen? Briefe aus Oppeln, Lawadskie, Beschreibungen von Reisen in die Heimat, die alten Wege, das Schloß Hubertus, das Jagdschloß in Kunten, der Katzenberg, der Karpfenteich, die Karisquelle, der Stausee Turawa, das Plumpsklo. „Alle fragen, wann kommt Ihr wieder?"

Was ist das Haus für den Jungen, der nebenan schläft? Heimat? Ich wollte der Stärkere sein, doch die Wahrheit ist anders. Dear old daddy, lacht er leise. Himmel, Arsch und Zwirn! war sein Lieblingsfluch. Himmel, Arsch und Zwirn, lacht er laut. Da geht die Tür auf und sie kommt herein. Er weint und sie streicht ihm über den Kopf.

Ich höre, wie er ins Bad geht, dann in die Küche, Wasser aufsetzt und das Frühstück bereitet. Du bist nicht dabei gewesen. Keiner kann das beurteilen, was wir erlitten haben. Spiel dich nicht als Richter auf! Ob er seine Wunden noch kennt, frage ich mich. Wer mag mich eines Tages an den letzten Ort begleiten, was wird man bei mir finden. Dear old daddy. Zweifel, Geheimnis, Ähnlichkeit, große Worte. Einsamkeit und Härte. Er wollte der Stärkere sein. Himmel, Arsch und Zwirn. Ob er noch Mutters Briefe hat, die von den Großeltern aus Leuna, das Photo von Olympia

1936 in Berlin, das er mir zeigte, als ich in jene Doppelstadt zog? Bomberschwärme, eiserner Vorhang, kalter Krieg, unsichtbar gewordene Kolosse, von der Geschichte übermalte Fresken, auf denen wir für immer unsere Rolle spielen.

Ich rufe in Berlin an und deine Stimme tut gut: „Wann kommst du heute Abend, hier ist herrliches Wetter, ich war schon mit dem Hund draußen, er war im Wasser, soll ich für heute Abend einen Tisch reservieren, wann kommst du an?" „Weißt du noch, wie wir mit meinen Eltern in Potsdam waren", unterbreche ich ihn. „Vater wollte unbedingt seine alte Kaserne wiedersehen, wohin er mit 17 Jahren zur Offizierslaufbahn einberufen worden war. Es war Winter, Schnee lag und wir suchten das von den Russen inzwischen verlassene Gebäude. Es war grau gestrichen. Vater holte ein Fünf-Mark-Stück aus der Tasche und kratzte am Putz und tatsächlich, darunter kam das leuchtende Ocker von damals zum Vorschein. Er hatte einen Flachmann dabei und nahm einen kräftigen Schluck, während ihm die Tränen übers Gesicht liefen. Mutter meinte, komm, laß uns gehen, die alten Sagen, es ist kalt." „Stimmt. Wir waren nie wieder dort. Die Kaserne ist sicher längst abgerissen und dort stehen jetzt Einfamilienhäuser. Habt Ihr schon gefrühstückt?"

Du fehlst mir. Wir könnten jetzt im Reichswald oder am Alt-Rhein spazieren gehen oder schwimmen im Wisseler Baggersee. Dort war ich oft im Sommer mit den Schulfreunden zum Baden. Wir warfen einfach die Holland-Räder ins Gras, kamen nicht schnell genug aus den Klamotten und rannten durchs Schilf ins Wasser oder ließen Steine flach über den See springen. Wer am weitesten kam, bekam eine Bluna ausgegeben. Hier machten wir am Abend Lagerfeuer, schmiedeten Pläne für unsere Zukunft und verliebten uns in Mädchen und Jungen, während zuhause die Eltern bei der ersten TV-Kennenlern-Show „Spätere Heirat nicht ausgeschlossen" umschalteten, wenn ein Mann einen Mann suchte.

Ich gehe ins Bad und sehe, sein Rasierzeug, die Zahnbürste und der Kamm sind schon weggepackt. Im Spiegel schaue ich mich an, ein Gesicht jenseits der Mitte des Lebens, schütteres Haar, hohe Stirn, Ränder unter den Augen. Im Nachbargarten höre ich Kinder Fußball spielen. „Willst du draußen oder drinnen frühstücken?", ruft er mir zu. „Egal!" So sitzen wir stumm uns gegenüber. Er liest in der Rheinischen Post und ich will ihm Mut machen. Vergeblich.

„Oben in der Schreibtisch-Schublade sind noch Briefe und unsere Papiere. Nimm du sie mit und heb sie auf. Was soll ich damit." „Klar", antworte ich, dem nichts klar ist. Er gibt mir den Lokalteil der Zeitung und verschwindet wieder hinter dem Blatt. Unser Eßzimmer. Jetzt Kartons und zusammengeschobene Möbel. Die Gardinen sind abgehängt, die Blumen kommen auf den Kompost.

Gewitterwolken ziehen auf. Das paßt, denke ich und räume den Tisch ab, spüle Tassen und Teller, wickle sie in Papier ein und packe alles in den obersten Karton.

„Willst du wirklich nichts mitnehmen?", frage ich ihn, „keine Photos, Mutters Bilder, etwas für die Wand in deinem neuen Zimmer, über deinem Bett, du weißt schon, keine Bücher, du ohne Bücher, das geht doch gar nicht und Musik, was ist mit der Stereoanlage, die würde doch neben den Tisch passen und ein paar Blumentöpfe vors Fenster, das Zimmer ist sonst so kahl, Mutters Armbanduhr, das Photo vom Richtfest, die Alben mit den Bildern von unseren Reisen, ihre selbstgestrickte Wolldecke, die kannst du sicher gebrauchen, die Papiere und Briefe, ich werde mir ein paar Bücher raussuchen, alles andere wird ja abgeholt beim nächsten mal, wenn ich wiederkomme, bitte, Vater, laß nicht alles hier zurück", höre ich mich reden und reden und bin froh, daß er hinter seiner Zeitung meine brennenden Augen nicht sieht.

Tapfer hält er die Zeitung hoch. Hier hat sie immer gesessen mit dem Blick zum Garten. „Mein Engel, von den vielen schweren Stunden, die wir zusammen erlebten, will die Erinnerung nichts wissen. Der Weg hat uns zusammengeführt, wir verstehen einander und jeder denkt des anderen Gedanken. Laß dich liebhaben, mein Herz, ich will dir jeden Tag schreiben wie am Anfang, als wir uns kennenlernten und dann auf Jahre getrennt waren. So bleiben wir zusammen im Fühlen und das ist eine große Macht. Ich lasse jetzt alles hinter mir und nehme nichts mit. Ohne dich ist das Haus dunkel und leer. Aber unser Garten leuchtet. Dein Licht ist in mir. Ich muß es nur wiederfinden", schreibt er ihr in Gedanken.

Ich sehe hinaus in den Garten, wie eine Hornisse den kleinen Körper eines Schmetterlings fortträgt. Die Flügel hat sie ihm zuvor abgebissen, an der Beute trägt sie schwer, bis eine zweite Hornisse zur Hilfe kommt und beide im Laub verschwinden.

Ich gehe in mein Zimmer, die Tasche holen. Ein letzter Blick zur blauen Wand. Dann in sein Zimmer. Er hat einen Koffer und seine Schreibtisch-Schublade an die Tür gestellt. Die soll ich mit nach Berlin nehmen. Vorsichtig ziehe ich eine Mülltüte darüber, daß nichts herausfällt und alles geschützt ist. Da steht er schon an der Haustür und hält den Schlüssel in der Hand. „Geh ruhig schon vor. Ich schließ hinter uns ab." Ohne sich umzudrehen, folgt er mir zum Wagen und steigt ein. „Das Leben geht vor. Fahr los!"

Langsam setzte ich zurück und fahre die Straße hinunter wie so oft, wenn es wieder nach Berlin ging. Da winkten sie beide so lange hinter mir her, bis ich sie nicht mehr sehen konnte. Jetzt ist der Rückspiegel leer. Nur das Schild des Immobilien-Maklers „Zu verkaufen" bleibt im Haus-Eingang zurück.

Eigenartig, denkt er. Ich fühle mich frei. Wir fahren durch die Siedlung, die an diesem Morgen menschenleer ist. Die Häuser scheinen nur für uns zu stehen. Am Himmel türmen sich dunkle Wolken. Er muß an die Bomberschwärme denken, derer du nicht ansichtig werden mußtest; er schaut mich kurz an. Diese Niederlage ist heute wie ein kleiner Sieg. Gedenke jetzt deines Leibes. Er sieht an sich herunter. Solange mein Körper mir nicht weh tut, tue ich mir nicht weh. Nie wieder knechtische Pflicht, keine Versklavung in Mördergruben und Normalität, keine Propaganda. Heimweh habe ich nach solcher Freiheit. Und nach neuen Wundern.

Wir fahren an der Schule vorbei, die Stadt hinunter zur Schwanenburg. Was mag in ihm vorgehen, frage ich mich und öffne die Seitenfenster. Die Luft ist drückend, kein Wind weit und breit. Ich bleibe seine Geisel, die Geisel unserer Geschichte. „Du könntest eine Erzählung oder eine Komödie über diese Reise schreiben", schlägt er mir vor. „Davon gibt es schon zu viele", sage ich und denke an seine Schublade. Wenn ich in diesen Papieren und Briefen lesen werde, wartet die Welt. Heute Nacht setze ich die Uhren außer Dienst. Rücksichtslos und allein. Er schließt die Augen und trägt zwischen den Lippen ein Messer. Für alle Fälle, denkt er sich und schreit die letzte Angst aus dem Körper.

„Wir sind da". Ich trage ihm den Koffer vor die Tür. „Grüß deinen Freund", verabschiedet er mich kurz, nimmt das Gepäck und geht langsam und schief, ohne sich noch einmal umzudrehen, durch die automatisch sich öffnende Glastür und verschwindet wie für immer im dunklen Inneren des Gebäudes. Ich lasse Kleve hinter mir und fahre über den Rhein, dann auf die Autobahn immer schneller und schneller, als zögen mich deine Sehnsucht und das Unabsehbare zu dir. Abfahrt Schloß Moyland. *Auschwitz Demonstration; Demokratie ist lustig*; *Wo wäre ich hingekommen, wenn ich intelligent gewesen wäre*; diese Titel von Joseph Beuys gehen mir durch den Kopf. Ich Dummkopf. Vor mir zahllose Lastwagen und der Rückreiseverkehr. Die Ferien sind vorbei. Wind kommt auf. In der Ferne und am Grunde dieser Hölle Blitz und Donner. Ich schalte den Scheibenwischer ein. Auf der anderen Seite der Welt muß ein Schmetterling losgeflogen sein, denn ein Flügelschlag von ihm genügt, daß dieses Gewitter sich aufmacht zu mir und meine Augen mit seinem Regen zudeckt.

CHRISTOPH KLIMKE, geboren 1959 in Oberhausen, lebt seit 1984 in Berlin. Veröffentlichung von Gedichten, Erzählungen, Essays insbesondere über Pier Paolo Pasolini, Federico García Lorca; Theaterstücke; Libretti für das Choreographische Theater von Johann Kresnik; Übersetzungen aus dem Italienischen; Arbeiten für Funk, Fernsehen, Film und Feuilletons. Ausgezeichnet mit Stipendien und Förderpreisen; zuletzt Ernst Barlach Preis für Literatur. In der Eremiten-Presse erschien 2002 *Engel tötet man nicht*, Gedichte mit Zeichnungen von Johann Kresnik.

JOHANN KRESNIK, geboren 1939 in St. Margarethen (Österreich), lebt zur Zeit in Bonn. Lehre als Werkzeugmacher, dann Tanzausbildung. Tänzer in Graz, Bremen und Köln. Von 1968 bis 1978 Ballettdirektor des Bremer Tanztheaters; von 1979 bis 1989 Leiter des Tanztheaters am Theater der Stadt Heidelberg; von 1989 bis 1994 wieder in Bremen; seit 1994 Choreograph mit eigenem Ensemble an der Volksbühne Berlin. Ab 2003 an der Oper Bonn.

Schauspiel- und Operninszenierungen. Arbeiten in Mexico, Brasilien und Kolumbien. Ausstellungen seiner choreographischen Skizzen und Zeichnungen in Klagenfurt, Bremen, Köln und Heidelberg.

Die ersten Exemplare dieser Ausgabe sind numeriert und vom Autor und dem Künstler signiert. Es erscheinen hundert Exemplare arabisch numeriert von 1 bis 100; ferner hundert Exemplare römisch numeriert von I bis C, denen ein numeriertes und signiertes Offsetlitho von Johann Kresnik lose beiliegt. Die für den Druck erforderlichen Farbauszüge wurden vom Künstler von Hand hergestellt.
Satz und Gestaltung: Eremiten-Presse, Düsseldorf;
Druck: Rolf Dettling, Pforzheim;
Bindearbeiten: Günter Weber, Mühlacker.

© by Verlag Eremiten-Presse
Fortunastrasse 11, 40235 Düsseldorf
ISBN 3-87365-338-9
Erstausgabe
2005